임재의 무게

Affirmation of the Presence

묵상 시집

임재의 무게

Affirmation of the Presence

김

효

준

동연재

가없는 흐름

시절 단상

들어섬

'중력의 부재' 즉, 무중력 상태에서는, 모든 것이 제자리를 잃고 부유합니다. 지극히 작은 자극에도 민감하게 반응하며, 정형화된 궤적을 기대힐 수도 없습니다.

중력장 속에 존재한다는 것은, 있어야 할 곳에 있음을 의미합니다.

단순한 질량 덩어리가 아니라, 비로소 중량체로서의 제 역할을 할 수 있는 것처럼, 이곳에서야 온전한 형태를 갖추고, 자연스럽게 움직이며, 모든 활동이 정상적으로 되는 것입니다.

C.S. 루이스가 고백한 영광의 무게처럼, 주체할 수 없이 넘치는 은혜의 체감이야말로 '있어야 할 곳에 있음'과 '갈 곳에 대한 소망'에 대한 고백이 될 것입니다.

그러나 부족함과 어리석음으로 인하여, 마치 중력의 끈을 끊어 버릴 수 있는 것처럼, 하시로 허망함의 바다에서 부유하는 자신을 방치하곤 합니다.

감사하게도, 예기치 못한 임재의 체험, 그 무게의 자각

을 통해, 비로소 터져 나오는 기도 속에 은혜의 장으로 돌
아오게 되는 것입니다.

천지 만물을 창조하시고, 운용하고 계시는 나의 하나님.

오늘,

눈을 열어 보게 하시고, 지각을 열어 깨닫게 하셔서

곳곳에서,

예기치 못한 임재의 체험을 맛보게 하시며,

임재의 손길과 모습을 알게 하시고,

그 무게를 느끼며 나아가게 하심에 감사합니다.

이제, 마음 문을 열고, 소소한 일상에서의 자각과 묵상
을 담아, 함께 나누어 보려 합니다.

연푸른 상념의 서

제1권

용서하고 잊는다는 것

I

부서져 내린 파편 조각들 헤아리며
불같이 분노했고 서늘하게 저주했다.
그래도
폐부 찢는 고통 준 이마저
용서하라는 말
끈질기게 따라붙었다.

망각의 심연 속 가두었다.
결코 수면 보지 못하게.
천연한 척 살아왔다.
나로 인해 그들 받았던
가늠할 수 없는 고통
애써 외면하면서.

산다는 것은

야누스적 강박으로

접점 없는 기만의 미궁 속 헤매며

버티는 깃일까?

II

피아노와 어우러지는 트럼펫 소리

자극적이지 않고 부드러웠다.

의외였다.

보통

자신의 기교

두드러지게 강조하기 위해

펼쳐내는 현란함에는

늘

난삽함이 배어 있지 않던가?

용서하고 잊으라 Forgive and Forget

눈에 차온 음반 제목

어려운 숙제의 해답

무심히 툭 던져 놓고 있었다.

너무 심각하게 임하지 말라는

푸근한 조언으로.

그렇게 수긍하며

무거운 멍에 내려놓고

애써

음악 속 잠겨 갔다.

III

잠자리에 누워서야 솔직해진다.

두려워하는 것은

거부하려는 것은

고개 돌려 외면하려는 것은

내가

정말로

끔찍한 것까지도

용서하게 될지 모른다는 것

그리고

아침에는

밤새 자란 단단한 껍질 속으로

다시 돌아갈지 모른다는 것

점점 더 놀라는 것은

침을 뱉고

바라바를 원하고

십자가에 못 박은

저들까지도

손, 발이 찢어지는 고통

질식의 사투 속에서

용서했다는 것

나는

그저

우편의 강도

그 자리만

탐하건만.

불모성의 탈색

I

새로운 어떤 것을

구상하고 구체화하여

결과물을

세상에 내어놓는 행위

그 창작 과정에서,

주체는

상상하는 것 이상으로

끊임없이 회의할지 모른다.

과연 유의미한 것인가?

II

창작의 이유는

대상만큼이나

아니

그 이상으로 다양하리라.

가장 비참한 것은

창작 결과로 생성될 이득

잔뜩 부풀려 기대하는 것 아닐까?

조앤 롤링_{Joanne Rowling}조차

역경이 쉬이 순경_{順境}이 되리라

예단했을까?

전 세계 휩쓰는

거대한 쓰나미 중심에 서리라

털끝만치 생각하며 시작했을까?

자신의 결과물에

소박한 의미, 기대만 부여했기에

그 길 갈 수 있었으리라.

허황한 신기루

쓴웃음으로 쓸어버리듯

피어나는 자그마한 기대조차

다잡곤 했으리라.

III

이 세상 모든 창작자는

쏟은 땀방울 뒤로하고

자신의 손바닥 위 올려져 있는

'**이것**' 바라보며

다시금

고민하고 있으리라.

그 불모성에 대하여.

하나님이
세상을
창조하실 때도
그러했을까?

아닐 것이다.

오직
유효성의 확신만
가득했으리라.

페르소나

숨을 쉰다.

끊임없이 이어지는
당연하고 하찮은
이 행위야말로
바로
살아있음에 대한 방증 아닌가?

그렇다.
언젠가
숨 한 모금 마지막으로
모든 것 뒤로하고 떠날 터이다.

그렇다.
살아있어야만
새로운 공기 들이마시고

데워진 공기 뱉어낼 수 있다.

엘리사*가 소년을 살려

방안 가득

온기로 채운 것처럼.

그렇다.

알지도 못하는 사람이건만

단지 같은 공간에 있다는 이유만으로

서로의 온기 실린 공기

들숨과 날숨의 촘촘한 짜임새로

공유하는 것이다.

그렇다.

인간뿐 아니라

생존해있는 모든 생명체와도

숨결 나누며

함께 발 디디고 있는 것이다.

지금

여기에.

놀랍지 아니한가?

* 엘리야의 뒤를 이은 선지자

소통의 골목길

I

소통하는 것은 쉬운 일일까?

소통하고 있는 이들에게는 쉬운 일일 것이다.

오직

그들 사이에는.

소통의 가장 큰 걸림돌은

본질을 벗어난 삐딱한 시선이다.

범박하게 말하면 트집.

소통 안에는

분개의 씨앗도 담겨있지 않던가?

이것이 발아하면

도무지 방법이 없다.

싸늘한 시선과

음험한 총구를
잠재울 수 있는
기품있는 소통의 비빙을
도무지 알지 못한다.

그러면 어떻게 초월해야 한단 말인가?

까끌한 요철의 섣부른 벼림
선의의 어떤 시도도 발화점만 낮출 뿐.
시간이 흐르면 자연스럽게 융화되거나
고답적 이탈로 귀결되지 않던가?
분극의 불가피함. 그 자각
모호성으로의 기꺼운 회귀

합당한 시간 흐름 속
그렇게

애태운 기억도 지워나간다.

구불구불한 골목길은
만나기도
헤어지기도 하며
그곳을 향해
나아가지 않던가?

                              II
침묵하셨다.
사백 년을.
냉정한 단절이라 여겼다.

어느 날
친히

이 땅에 오셨다.

비천함을 입은
'인간'으로,

그리고
처절한 고통과 모멸감의
십자가 죽음으로,

모든 권세 끊는
부활로.

이보다 더
놀라운 사랑의
소통이 있을 수 있던가?

문득, 창밖을 보다가

그레고리우스*를 생각한다.

무겁게
겹겹이 쌓인
현실을 넘어
애써 자각하지 않도록,
무언가에 이끌리듯
미지의 곳으로
홀연히
자리에서 일어나 떠나는 것의 실행.

남은 이들에게는
사라지는 것
그러나
나에게는
찾아가는 것

문득

이 가을에

창밖을 보다가 생각해 본다.

* 파스칼 메르시어의 소설 '리스본행 야간열차' 속 주인공

구석진 라디오

공기 중 떠도는
아스라한 선율
내 손잡아 이끄는
오래된 벗

위대함과는
아무런 상관도 없는
해묵은 세월의
감미로운 향기

덕분에
정성스레 준비된 음악 만찬
선선히 음미한다.
번잡스러운 작업 없이
그저
흘러나오는

음악 따라
귀만 기울이고 싶을 때다.

귓가를 무심히 지나치던 음표들
갑자기 마음 흔든다.
하던 일 멈추고
망연자실 빠져든다.
주억주억하던 머릿속에는
사색의 경로 무시하고
추억의 낡은, 영사기 돌아간다.

뭉클한 무언가가
가슴에 치받히며
눈시울 붉어져 온다.

다행이다

혼자 있는 것이.

난다는 일상

수은주가 한없이 곤두박질친다.
당분간
그곳에 둥지를 틀 심사다.

문득
창밖 나무에
새 한 마리 쏜살같이 날아와 앉는다.
하늘을 자유롭게 난다는 행각은
그 자체만으로도 경이로움의 진수 아니던가?

엄동설한에
고치처럼 움츠리고 걷는
우리네와 달리,
온몸 활짝 펴고
대기 중 요란하게
허연 날갯짓까지 해야 함이

불현듯 측은하게 다가온다.

깃털은 살 더미에 묻힌 뼈가 아니라

근육에 깊숙이 박혀있지 않던가?

살을 에는 정도가 아니라

몸 깊숙이 냉기를 박아넣는 일을

'난다'는 일상마다

해야 한다는 것일 게다.

혹여

중공 구조의 깃털에는

남모르는 대단한 비밀 있기를.

강추위에도 끄떡없이

비상의 날개

활짝 펴도록.

하늘 천사 전하는

은밀한 복된 소식

창공에서

엿듣는 기쁨

지속될 수 있도록.

주제넘은 나무

식물은 수동적 존재의 상징.

한번 뿌리내리면
이동의 자유 박탈되고
박힌 곳에서
근근이 삶을 이어간다는 폄하.

지근거리에서 동행하면
깨닫게 된다.
주제넘은 나무
모호한 경계선 넘어
능동적인 존재로 우뚝 서 있음을.

숱 빠진 머리처럼 휑하던 나무들
무심함의 틈 사이
산더미 같은 초록 숲으로

빽빽해진다.

때가 차면

잎 털어내고

가지와 줄기마저 떨군다.

반복되는 소생과 절제

성장의 나선.

부끄럽고 부럽다.

스스로 제 머리조차 솎아내지 못하거늘.

소실의 상처만 어루만지고 있거늘.

시계판 바늘에

획일적으로 등 떠밀리는

우리네와 달리,

그들의 시간 흐름은

슈베르트 음악처럼
자의적 비선형성으로
제각각 흘러가는 것이다.

가끔은
문밖에 나서는 간단한 행위만으로,
오랜 세월
수많은 인간의
탄생과 소멸 지켜보아 온
부동의 존재감에 겨워,
선해 보이는 눈빛으로
겸손해지는 것이다.

투박한 경계

사진이 묻는다.

사진을 찍는다는 행위는
시간의 흐름
강제하려는 것.
현재 시야를 박제하여
환영 속에만 지속되는
실존으로 유지하려는 갈망으로.

날아가는 새
낙하하는 물체
마치 중력을 거스르는 것처럼
그 자리 정지시켜버림
꽤나
매력적이다.

굳이 대상

인물로 한정한다면,

더 이상의 노화 거부하는 욕망

그 성취가 고맙기까지 하다.

얼굴 잡티 하나까지도

말끔히 뽑아내는

보정의 마법 지배하는 현실

사진은

더이상

사실의 재현이 아니라

지독한 왜곡이라 천명한다.

머그샷mugshot 처럼

손때 타지 않은

척박한

날것의 사진

투박한 손길 그리워진다.

내밀한 소리

평범한 일상에서

자각할 수 없는 심장의 고동

그 이유로

영구적 고요 수용할 수 있는가?

생명의 종결

그 비장함에 동의하면서?

아닐 것이다.

소란함과 아우성까지도 지독히 그리워하리라.

정작

세상과의 사이 아무런 차폐물 없다면

거대한 소음 거미줄에 포획되어

질식의 두려움 엄습한다.

무방비로 온몸 맡길 때

특정할 수도

헤아릴 수도 없는

수많은 음원에서 쏟아져 나온 소리

현재하는 서대한 넝어리 되어 나를 압살한다.

고삐 단단히 부여잡고

차폐의 경계 공고히 하려는 부산스러움

서성이던 소음 순식간에 무음 상태 만든다.

고요를 향유하는 것도 잠시.

소리 인지하던 귀

대상 잃으면

스스로 세밀한 소리 만들어낸다.

'**이명**耳鳴'이라는 헛헛한 이름으로.

소외와 단절에 대한 자구 본능일까?

존재를 부정하는 정적에 대한 반발일까?

'소리의 부재를 수용할 수 없음'
그 역설 마주한다.

까뮈*Albert Camus에게 내밀했던
모든 것에 가치를 부여하는 고독
그 존재까지 거부하면서.

방황하게 한다.
노아의 비둘기
발끝조차
놓을 자리 없었던 것처럼.

* 프랑스 작가. 대표작 '이방인'

기억의 편린

I

과거에 일어났던 수많은 일들

모든 것이

기억되지도

기록되지도 않는다.

그저 굵직한 몇 가닥

성기게 엮어진 실타래만

지금껏

근근이 전해지고 회자 될 뿐.

물론

그들에게는

역사적이라는

상투적 의미 덧입혀져 있다.

나의 삶 바라본다.

무의미성의 덤불 속 헤집어

혁혁한

무언가의 존재

애써 찾아보고는

이내

허탈해진다.

II

내 영혼아!

사치와 향락이 극에 달한 자

바알과 온갖 잡신들로 들끓게 한 자

폭정과 세금으로 나라 둘로 쪼개지게 한 자

밧세바의 아들, 솔로몬

죄악의 용서,

한없는 은혜,

결국 감당치 못하고

헛되다는 말과 함께 한 줌 흙으로 돌아간 자

부러워하리오?

경계해야 하리오?

III

'**멍에**' 내려놓는다.

이 세상에

나를 입증하기 위해

현존하는 것이 아님을.

자문한다.

나의 순전한 소임은 무엇인가?

석양 너머

불그레한 거미줄이

찰랑거린다.

사마리아인의 저편

어머니 태내에서
이탈되는 순간부터
강제로 주어진
자각할 수조차 없었던
구별 지어짐의 삶.

철저히 외형에만 집중된
차별적 표징에,
속수무책으로
갈라 서 있어야 했다.
그리고
익숙해졌다.

상상의 범위 초월해버린
수많은 굴레 극복하고
현재에 이른 것은,

아무리

담담히

이야기해도

기적이 아니었던가?

그러나

그 뒤에는

무작위성의 호의가 있었음에

미셸 오바마*Michelle Obama 는

뒤늦게 서글퍼 했다.

지금도

너무나 당연한

서로 동등한 자유인

인간으로서의 평등을

소리 내 외쳐야 하는

비극을 이어감에

분노하는 것이다.

도대체

그들이 무엇이건대?

* 미국 최초의 흑인 퍼스트 레이디

완전한 결별

표정이 밝아 보였다.
그런 만큼 담담히 이야기를 시작했다.

늘 그렇듯
처음의 낯섦은 매력적이기까지 했다고.

시간이 흐르면서 하나, 둘, 익숙함으로 대체되어
새로운 감동의 포용이 불가함을 깨닫게 되자
불현듯 가슴 조이는 답답함 엄습했다고.

체념의 시간은 여전한 이방인임을 각인시켰고
섞일 수 없는 간극의 체감
속절없이 커져만 갔다고.

출구의 부재라는 끝없는 벽
차마 마주 보지도 못했건만

전화위복이라는 말 딱 들어맞듯
바닥없는 늪으로부터
순식간에 들어 올림 경험했다고.

그렇게 어수선했던 일들
순식간에 제자리 찾아
마치 이래야 했다는 듯
의연하게 자리함을 본다고.

긴 숨 토해내고
홀가분한 모습으로 멀어져가는 뒷모습 바라보며
가슴이 한없이 편안해졌다.

바로 오.늘.

아침을 맞이함은 단순하자.

볼 때마다 기분 좋아지는
앙증맞은 앰프에 불을 지피자.
자그마한 진공관들
발갛게 달아오르면
음악으로 공간 채워나가자.

바흐의 파르티타
늘 시작점에 있게 하자.
영롱한 피아노 소리
잠에서 덜 깬 세포들
살포시 흔들어 주게 하자.
무지한 알람 소리 광포함 아니라
창가로 스며든 햇살의 환상처럼.

여섯 개의 모음곡
한 주의 시작에서 쉼에 이를 때까지
매일 하나씩 감당하도록 하자.

오늘은
이고르 레빗 Igor Levit 을 초대하자.

가끔은
소박한 순백의 에스프레소 잔에
진한 커피 향 가득 담아내기도 하자.

이러한 소소함 들이
나의 하루를
조금씩 채워나가게 하자.

바로 오늘

내게로 다가오는 이들과
행하는 모든 일들 속에
감사함이 깃들기 소망하면서.

방황하는 유대인

이천 년 전
나라는 소멸되고, 세계 도처로 유랑민이 된 그들
여기저기 자리 잡아 연명했다.
존중은커녕, 멸시와 천대의 대상
유대인이라는 이유만으로.

몇십 년 전
체포되고, 집단 수용소에 감금되고,
학대와 굶주림 속에
가스실에서 처형되었다.
단지 유대인이라는 이유만으로.

몇십 년 전
삶의 터전에서 뽑혀
쓰레기 태워버리듯 몰살되었다.
단지 유대인이라는 이유만으로.

몇십 년 전
아브라함이 시작했던 땅
바로 그 자그마한 땅 위에서
다시 시작되었다.
유대인이라는 이름으로.

그 후로
구약시대처럼
주변 국가들과 끊임없는 분쟁 속에 살아왔다.
유대인이라는 이름으로.

지금도
느닷없이 아들, 딸, 손자, 손녀의 죽음과 인질에
소스라치게 놀라며
저들과 전쟁을 치르고 있다.

보복과 응징
시간은 흘렀지만
서로를 대하는 자세는 변함이 없다.

세계 도처에서
상반된 두 입장을 제각기 지지하는 목소리들 터져
나온다.

이스라엘 역사처럼
분쟁은 끊임없이 일어나리라

애굽을 떠나 약속의 땅 가나안을 부여받았을 때
그 소임 다하지 못한 결과
수천 년의 세월 이어오고 있다.

언제까지일까?

누가 대답하리오.

생존을 넘어 자존을 위한 싸움
그 명분을 포장한 온갖 세력들의 탐욕이
여기저기 분쟁의 불씨 키워낸다.

불쌍한 이들이여
선택받았던 이들이여
이천 년 전 예수를 못 박았던 이들이여

삼손을 죽음으로 유혹한 델릴라의 팔레스타인
그곳
팔레스타인 전사 골리앗을 쓰러뜨린
다윗의 후손이여.

그대 이름은 유대인.

가없는 흐름의 서

제2권

코로나의 창
질주와 멈춤, 그 경계와 윤곽

COVID-19, PANDEMIC,

　　　　　　　자가격리, 사회적 거리두기

어느 날 생경한 말들이 주변을 에워싸기 시작했다.

허술하기만 한 틈새로,

경계라고 할 수도 없는,

거의 무방비에 가까운 상태로 급습당한 것이다.

그리고 그들은 오랜 시간 머물렀다.

모든 것을 하나씩 멈추어 세우게 하는 강제,

그 앞에 누구도 자유로울 수 없음이

지극히 공평한 것의 전형일지도 모른다는

생각마저 들었다.

그저

마스크를 쓰고,

거리를 유지하며,

조심스럽게 살아가는 것.

그것이 내가 할 수 있는 최선이라는 사실을 받아들

여야 했다.

요란한 사이렌 소리가 다가왔다가 사라져 갔다.

바로 곁에서 일어나는 질병과 죽음이

나와는 무관하리라는 방자함과

자신의 소멸에 대한 습관적 망각 속에 살아왔건만.

○   ○

지난밤에는 서너 번을 깼고, 헛된 꿈을 꾸다가 눈

을 뜨곤 했다.

통증과 오한으로 밤잠을 이루지 못하던 전날에 비

하면, 그나마 호사를 누리는 것만 같았다.

무심결에 이제 다 끝나가는 것인가? 라는 말이 새
어 나왔다.
그리곤 물 한 모금을 마시며 직감했다.
오판이었음을.
통증은 목에서부터 강렬하게 살아나서,
아직 진행 중임을 확실히 상기시켰다.
그래도 폐까지 잠식당하지 않음이 얼마나 다행이
란 말인가!

저녁과 아침 사이의 간격은 12시간을 넘는다.
이를 줄이려면 늦추고, 당기는 방법뿐.
약을 먹은 후 두 시간 정도 소요되어야, 그 약효를
감지할 수 있다.
통증이 무뎌져 감은 반갑지만, 몽롱함 속에서도
이겨냄의 사투는 지속되어야 한다.
침대에서만 헤매는 것은 완패의 신호.

이 겸에 소설을 읽어내고 있다.

다행스럽게도 알맞게 읽기를 추동하는 것이었다.

졸음과 동반되는 간헐적 환상은

소설의 맛을 더해주어,

마치 눈 앞에 펼쳐지는 풍광이며,

흩어져 다가오는 냄새며,

활자가 스멀스멀 살아나,

그 역할을 생동감 있게 해내곤 했다.

비몽사몽에서 깨어나 책상 주변을 거닐면,

소설의 잔향이 몸을 감싸곤 했다.

창밖을 보며 다시 현실 세계로 돌아옴을 반복하면
서, 치료의 시간으로 나아갔다.

머리로만 읽어내는 것이 아니라, 온몸으로 부대끼
는 읽기를 체득한 것이다.

코로나라는 망령을 털어내기 위해 처절하게.

'어떻게 시작되었는지'처럼, '종결의 방식'도 누군
가는 알고 있을까?

모두
조금만 있으면 되겠지 하며,
그저
익숙한 일상으로의 복귀만을 생각했다.

그런데
시간이 한없이 길어지면서
문득 묻게 되었다.
살아온 곳, 지내던 방식으로
그대로 돌아가면 되는 것일까?
아무 일도 없었던 것처럼?

국지적인 일도 아니고,

전 세계적으로 겪어내는 이 엄청난 일을 통해서
뭔가
징확히 기술하기는 어렵지만
무심히 흘어 보내던 삶의 중요한 요소들이
있어야 할 곳으로 조금씩 자리를 찾아가는 계기가
되어야 하지 않을까?
막연하게 생각되는 것이었다.
그리고
'뉴 노멀new normal'이라는 말이 계속해서 주변을 서
성였다.

○   ○

강제로 멈추어야 했던 시간에도, 창밖 풍경은 천천
히 흘러갔다.

질주하던 세상이 멈추는 동안,

마치 정지해있던 것처럼 무시되던,

발을 디디고 있던 터전의 만상萬象이 새로운 세상처

럼 다가왔다.

마음이 열리고,

사색의 경로를 따라,

소소하고 느린 존재들이

제자리를 찾아 하나, 둘씩 천천히 자리매김하였다.

○   ○

'무리 지어 즐김'이라는 강박에서 벗어나,

철저히 개별화된 시간은,

오히려

'나'의 자양분이 되어,

다시 마주할 세상을 환하게 바라볼 용기를 주었다.

아마도

타자를 좀 더 포용할 수 있지 않을까? 하는 소박한
바람과 함께...

○   ○

더딘 시간이 흐르고, 뒤돌아보며, 그 윤곽을 살펴
며 깨닫는다. 그리고 소망한다.

우리가 알거니와 하나님을 사랑하는 자 곧 그의
뜻대로 부르심을 입은 자들에게는 모든 것이
합력하여 선을 이루느니라

로마서 8:28

핀란디아 숲

겨울은 혹독한 계절.

그 무한의 경계
민낯으로 맞이할 때
방렬하게 각인된다.
많은 눈, 살을 에는 추위
그보다 더 힘든 고통은
박탈당한 태양
빛의 허망한 부재이리라.
그래서 북극점은 혹독함의 원점이다.

짧은 시간 제외하고 암흑천지 지속되는 삭막함
황량한 고독 넘어 소외와 분절로의 이행
강요되는 수면과 불면의 동거
그 땅에 터 잡고 살아가는 이들
버팀목의 근원은 무엇일까?

처연한 현재 견뎌내기만 하면
늦은 밤까지도 누그러뜨릴
백야 찾아온다는 희망일까?

결핍과 과잉의 광포한 환경
온기 없는 창백한 살갗으로
그 속에서 인내하는 그네들의 삶
상상하는 것만큼
척박함만 존재하는 것은 아니리라.
단단한 소망의 빛 타오르고 있으리라.

동토凍土의 사슬 끊고
더딘 봄 실어 오는 찬연한 빛
싹이 돋고, 새가 노래하고,
자작나무 부쩍 크는 생명의 희열

죽음의 기운 뚫고 다시 삶,

그 기적의 체험

온전히 그들만의 몫이리라.

습설濕雪이 온 세상 하얗게 점유해 가던 날

봄날이라

뿌연 창밖으로 초록빛 스친다.

시린 겨울 없다면
봄은 초라하다.

가시지 않은 한기 뚫고
쩍 소리 내며 터져 나오는
꽃망울은 위대하다.

차가운 빗줄기에
온몸 부서져 내리면서도
초록 예비함이 숭고하다.

철없이 다가선
섣부른 대기의 온기로,
명색이

봄은

가뜩이나 짧아진 점유 길이를

이렇듯

한 움큼

더 잘라내고 있다.

영그는 녹음

벌써
여기까지
와 있었다.

짙은 초록으로.

얼핏
여름 냄새가
훅하고
지나간다.

풀잎마다
머금은
방울진
이슬에 젖어
떨어지지 않는

발걸음

옮긴다.

마치

잠자리

제자리에

멈춰있기 위해,

수많은 날갯짓

해야 하는 것처럼,

그 애씀에

애잔한 가슴으로.

빽빽해진 잎들이 서로 부대끼며 반짝이던 날

불협화음의 절정

시작되었다.
여릿여릿한 울림이.
작년에도 이맘때였다.

텁텁한 도심에서
숨통 트이는 선물

간헐적으로
이곳 그리고 먼 저곳에서
터지는 폭죽

분주한 일상 속 망각
방심의 틈으로
모여든 떨림의 소용돌이
광대한 위세 떨친다.

개별적 울음 행여 묻혀 버릴까

움튼 조바심으로

온몸 터져라

울어댄다.

최선의 경계를 넘어.

마치

하늘이 부서져 내릴 듯

광란의 합창으로,

서로 다른 종들까지

빠짐없이 섞여 외치는

불협화음의 절정.

나무 밑동 뽑을 기세로 목놓아 울어야만

긴 시간 감내해 지상에 오른

소임 다 할 수 있음이다.

그래서

그네들의 울음은 절규다

짧은 생의 소멸이 서러운.

가을의 문턱 넘는다

빗소리 요란하다.

떨구어진 나뭇잎들
세차게 쓸려 간다
격랑의 물결로.
부산하게 가을을 채근함에
자꾸 뒤돌아보며
서성인다.

희락의 시간은 빠르게
고난의 시간은 더디게
흘러갔다.

그렇다
작열하던 강렬한 태양 빛에도
꿋꿋이 살아남은 대지 위 모든 것

그 대견함이
다가오는 가을의 고적함 다독여 주고 있다.

누구에게나 공평하게 내리는 비
값없이 흠뻑 내리는 비
아낌없이 대지 채우는 비
한여름 장대비
그 비 피하지 않고
온몸으로 받아내며 서 있던 모든 것들.

가을의 풍요로운 수확이
그들을 찾고 있다.

창에 맺혀 흐르는 빗방울과 더불어 가을을 재촉하던 날

계수係數된 날

그 위용 대단했었다.

끝을 예단할 수 없게
높이 치솟은 나무
온통 노랑이었다.

가지 사이사이 바람 스미자
풍성함은 앙상함으로 환치되며
하늘에서 부서져 내리던 노란 잎들.

잿빛 대지 위
파편처럼 수북이 쌓여가는
진노란 물결과 함께
생의 무게
깃털처럼 가벼워지며
스산하게 퇴색되어감에

숨조차 내뱉지 못하고 서 있었다.

오늘
창밖 너머 가로수길
굽은 허리로,
노란 덤불 속
은행알 줍고 있는
어느 노인의 모습에
겹쳐지면서,
계수된 날 숫자 하나
또다시 지워감에,
떠나가는 가을 끝자락
바라보는 것이다.

지난해보다

조금 더
담대하게.

몇 개 남지 않은 은행잎이 바람에 흩어지던 날

눈발 흩날리던 날에

누구나
제한된 시간의 틀 속 거한다.
그러나
오늘도
망각의 강물에 휩쓸려가고 있다.

어느 날
내 어머니에게
통계적 결과로서
잔여 시간
무심하게 통보되는 순간
몸서리치며 깨달았다.

한시성의 예리함을.

막연하고 희미한 끝

명확한 것처럼 주어지는 종결

조금 이름과 다소 더딤

누구도 피할 수 없는 선고

망상의 유령 맴돈다.

무병장수라는 호도된 문구로

불가촉의 예외성에 대한 자만으로

가당치 않은 불멸의 환상으로

주변엔 온통

허황함의 짙은 화장기 가득 차 넘친다.

불현듯

환각의 장막 찢어져 내릴 때

허탄한 필멸성에 압도되어

벌거벗은 맨몸

무방비로

무릎 꿇는다.

감히

헤아려보기에

엄두조차 나지 않는 일이건만,

거친 숨 토해내며

모든 것 내려놓고

빈손 될 때야

비로소,

두 손 모아

기도할 수 있다면

마땅한 위안이 될까?

비탄의 광풍 불어올 때

반석의 틈새로

피하게 하사,

서툴게나마
다시금
힘을 내 나아간다.

허락된 시간
그날까지.
생명을 거두겠다는
하나님 말씀에
기뻐했던
모세처럼.

무지한 강아지들 입 벌려 뛰던 눈발이 흩날리던 날

시린 손등 너머

견고한 장막의 균열
그 틈새로
생명의 숨결 스며들며
그렇게 시작되었다.

익숙하여 무관심했던
헐벗은 가지를 바라보다,
노랗게 망울진 동그란 점들
포착되는 순간,
주검처럼 싸늘한 기운 뚫고
봄이 솟아난다는 사실에
전율한다.

화들짝 놀라
분연히 잠 깬
찬피동물처럼

주변 분주히 둘러본다.

살아있음의 기척도 없이
소외되었던
잿빛 가지들에는,
저마다
숨죽인 움틈 터져 나오고 있었다

이제
굳어진 뼈마디 새된 소리 내며
제자리 찾도록 기지개 켜
온기 품은 혈류 구석까지 채워감에
발걸음도 가볍자.

새순 돋다

돋아나는
새잎들의
푸르름이
찬란하며

고립됨과
단절됨의
절망감을
모두 뚫고

풍상 속의
검푸른 멍
보듬어내
가슴 찢듯
담대하게

적막 속의

고독함과

의연함을

다잡아서

온몸 들여

피워냄이

하염없이

눈부시다

늘, 잎보다 먼저 만개하는 벚꽃 무리가 걸음을 멈추게 하던 날

은밀한 사유의 시간

나른함이 밀려온다.

비발디의 플롯 협주곡을 고른다.
오래된 음반 위 톤암 내려놓자
켜켜이 쌓인 세월 뚫고
음악 피어오른다.
플롯은 음색이 몽환적이다.

비발디는 바흐와 닮았다.
최선 다해 작품 쏟아냈다.
그런데도 말년은 불운했고
사후에는 쉽게 잊혀갔다.
시린 세월지나
선한 손길 보듬어
그들 작품 뒤늦게 부활하여
영롱한 빛 쏟아내고 있다.

통울림의 상징 하베스 스피커

부드럽고 따뜻한 소리로

음악적 감흥 한껏 부풀리고 있다.

사월의 마지막 날 오후

유연하게 흐르는 선율에 실려

돋아난 상념 속으로

깊이 스며들고 있는 것이다.

은총을 헤아리며.

어렴풋하게

주변 맴돌던

동요動搖

아스라이 사라져 간다.

또 다른 평정

귀가 먹먹할 정도로

울어대는

그네들 소리는

지금이야말로

여름의 절정임을

새삼

각인시킨다.

강렬한 태양 빛에

무비하게 달아오른

숨 막히는

지면의 열기와 더불어.

그리고

애타게 그리워한다.

이제

그 생각만으로도

마음은 서서히 평정을 찾아가는 것이다.

가을이라는 고귀한 이름으로.

모두가 잠든

이 밤

비마저 숨죽여 내린다.

겨자씨만 한 소망

모두가 자신의 분깃대로 나아간다.

스스로를 유독 도드라지게 하려는 욕망
주변까지 가엾게 만드는 그 욕구
자신을 옥죄는 가련한 올무를 벗어 던진다.

이전에
함부로 쏘았던
정죄의 화살을
누군가 나에게로
되돌릴지 모른다.
나단*의 준엄한 음성으로.

겨울의 접근
그 생각만으로도
벌써

옷깃 단단히 여미게 되지 않던가?

한낱
한 움큼의 먼지 될 존재
다시금
정신 곧추세운다.

정해진 그날
앞서간 수많은 이들에 의해
닳아진 그 문턱 넘게 되리라.

모든 짐, 수고로움 내려놓고
고대하던 만남 이루는 소망으로,
그날 향해
재차
발 내디딘다.

뭉게구름 사이로 파란 하늘 하염없이 쏟아져 내리던 날

* 다윗을 꾸짖은 선지자

삶이란
하나의 창으로 바라볼 때
비로소
더욱 선연하게 보이는 것이다.

Life is

much more successfully looked at

from a single window,

after all,

위대한 개츠비

The Great Gatsby

스콧 피츠제럴드

F. Scott Fitzgerald

선선한 여정의 서

제3권

아쿠아 알타 Acqua alta

그 넓은
산 마르코 광장 뒤덮던
비둘기 떼
흔적도 없이 사라진 바닥에는,
깊이 알 수 없는
바닷물만 찰랑거린다.

진한 에스프레소로 입술 적시며
헛된 기세 부리던
노천카페에는,
테이블과 의자 축 늘어져 쌓여있다.

등에 업힌 아이
아버지 발이
물속에서
부르터짐도 모르고

신나게 손 흔든다.

상점마다
물 퍼냄에
분주하건만
표정엔 어둠이 없다.

단지
바지 어설프게 걷어 올린
관광객만
뾰로통할 뿐.

붉게 물든 대운하 위로
객 찾는
곤돌라만 뒤뚱인다.

승부역 가는 길

오직
기차로만 갈 수 있었던 곳
빈딧불이 신기루처럼
지독한 오지
승부역

개발의 수혜로
견고한 빗장 풀어
자전거 바퀴 굴려 만나러 간다.

바람 사위 가르며
계절이 주는 선물
만추의 절경 감사히 받는다.
불타오르는 단풍 아님이 더 좋다.
맑고 투명한 수채화
마음 흔들어 채워나간다.

페달을 자꾸 멈춰
차곡차곡 담는다.
가슴속 깊이

복잡한 일상
구깃한 마음 언저리
켜켜이 묵혀 있던 내밀한 것들
하나둘씩 먼지 떨며 나선다.
폐포 가득 채우는 청량한 공기 방울
깊은 잠 깨어난 그들을 툭툭 떨어 날린다.
감사한 디톡스

함께 달리는 소박한 지천
낙동강 지류
미미한 물길 묵묵히 쌓여 거대한 강 되련다
모든 물줄기 염원 바다를 만나련다.

자전거와 기차의 밀월

기차는 험준한 지형 뚫고 호쾌히 달린다.

자진거는 느릿하게 풍광 얻는다.

빽빽한 나무숲 지나 탁 트인 시야

마을 승부리

경사진 밭 듬성듬성 자리 잡았다.

도시와 다른 계절 흐름

세미 로그 semi-log 축에서 흘러가리라.

얼떨결에 눈앞 차오는

강렬한 빨간색 현수교

할머니 핀잔 속

멋 부린 할아버지

장터 나서는 모습.

좁다란 다리 건너
승부역 발 디디며
눈이 멀었다.

그랬다.
이 모습 담기 위해 먼 길 달렸다.

그랬다.
아무도 없는 역
작은 벤치에 앉아,
먹먹한 가슴으로
낡은 잎 떨구는 소리 잠긴다.

그랬다.
고적하게 익어가는 가을
고요 속,

홀로

한참을 머물러 있었다.

시골 책방

분잡함 멀찍이 떨어냈다고
가능한 그 흔적 말끔히 씻어냈다고
안도할 만큼 떠나왔다.

적료함 찾는 발길로
질박한 공간에
선뜻이 발 들여놓는다.

무심한 이름
책방
소박한 간판
시골 책방

벽마다 자리 잡은 책장 훌쩍 넘어
천장까지 키 늘리며
책들 파도치고 숲 이룬다.

가끔 빼꼼히 내민 책
잠시나마 누군가와 사랑 나눈 것이리라.

구석에 자리한 턴테이블
부지런히 레코드 돌아간다.
낯익은 재즈 선율에 실려
어슴푸레 옛 기억 피어나 흐른다.

그동안
얼마나
짓고 허물고를 반복했던가?
무모함과 현명함 사이
늘 그녀가 이겼다.
잘된 일이었다.

문득 궁금해졌다.

어째서 재즈일까?

우문이다.

다양성과 대중성 품어내며

연주자와 청자가 '즐김'을 본질로

똑같은 연주가 존재할 수 없는

즉흥성 수용하며,

주변 소음까지 어우르는

자유로움 만끽하는 것,

이 진한 매력 때문이리라.

생각지도 못했던 곳에

살가운 분위기의

실존 마주하며,

숱하게 허물었던

폐허 속 헤치고

다시금

슬금슬금

싹 돋아 오른다.

동.주.
- 부암동 윤동주 문학관에서

완강히

밀폐된 공간에서

숨죽여

그를

만난다.

그리고

눈을 들어

그토록

갈망했을

자유함을

본다.

카를교 위에서

블타바강이 흐른다.
자유의 강
그들이 그토록 염원했던.

카를교.

어설프게 읊조린 마르크스주의
권좌부터 무너져내린 공산주의
그 말로의 증인으로 우뚝 서 있다.

하나하나 깎아 만든
돌로 덮인
다리 위 걷는다.

삼백 년 세월 들인 조각상
하나하나 만난다.

네포무츠키 석상 앞
길게 줄지어 있다.
소원 품은 손길에
세월 품은 청동판은
반들반들 반짝인다.

재즈 선율에 발걸음 멈춘다.
무명의 악단
혼신의 연주
하나하나 가슴 가득 채운다.

20년이 지난 후
아들내미
같은 돌 하나하나 밟으며
다리 건넌다.

굴뚝 빵 속
프라하성 담아.

지금도
블타바강은 흐르고 있다.
자유함 품고서.

비천을 담아내다

멋진 지명 이끌려
미지의 곳으로
페달 밟는다.

시원한 바람
목젖 간지럽힐 때
자그마한
학교 고개 내민다.

고사리손 쭈뼛거리며
처음 교정 들어서던
앳된 모습

어느덧 시간 흘러
꺼먼 솜털 수염으로
나서던 뒷모습

달빛

하얗게

쏟아져 내리는 날

나이테 속

차곡차곡 간직한

은행나무 두 그루

가을바람에 노란 단풍

비처럼 뿌리며

정문 양옆 하늘 높이 도열해 있다.

아이들 뛰어놀던 운동장

재잘거림의 터에는

낯선 테이블, 의자 줄 서 있다.

폐교의 아픔

그 상처
치유의 터 되기를.

비천을 담아내는
지혜의 그릇 되기를.

알라스칸 말라뮤트 _{Alaskan Malamute}

I

보아서는 안 되는 거였다

작은 꼬리 흔들어 대던 선한 눈망울을.

아니

오히려

잘 된 것인지도 모른다.

가족 모두 각인 되어

각자 내재된 방 깊숙이

남게 되었음에.

대체할

어떤 개체도 불가함에.

페어뱅크 _{Fairbanks} 에서의

짧지만 강렬했던 여름

만남은

그렇게 스러져갔다.

II
'충직성'

수평적 관계라는 수런거림에
섣불리 표현하기도 어려운 말.

집 문 나서는 순간
모호했던 반려의 관계
확연히 자리 잡는다.
서로 이해할 수 없는
외곬 방식으로
세상을
제각기 치열하게 담아낸다.

코로 신비한 정보 해독하느라 바쁜 그들

줄 당겨 실랑이 벌이는 저들

도처에 있다.

III

언제나 곁을 지켜 줄

나만의 친구라는 믿음

그 모호성은,

너무도 이른 이별의 순간

급습할 때에야

비로소

텅 빈 가슴에 아려온다.

그래서

'**사람처럼**'을 강요하지 않고

더

정신 차려

사랑해야 하는 것이다.

굴 껍질을 까다

열심히 까던 굴 하나
비로소
입에 딜어 넣고
미련 없이 떠나던
그의 수첩에는
백 만까지 카운트되어 있었다.

고행의 수도사처럼
고됨의 상징으로.

겨울이면
애써 치루어내는
굴과의 번거로운 동행은
사실
오래전
마르세유Marseille에서

시작되었다.

와인 병 너머
반라의 몸으로
강렬한 레몬 조각과 함께
부서진 얼음 카펫 위
가지런히 누워있던 모습
그 도발적
낯섦으로부터.

유난히 추운 오늘
너를 그린다.

달방 마을 만물

그랬다.

무심한 페달링과
호젓한 길 이끌림으로.

불현듯
눈앞 펼쳐진 저수지
물의 색 짙다.
깊이 가늠할 수 없는
기묘함으로.

가파른 언덕길
내내 오른다.
팽팽하게 긴장된 근육
댄싱.
자전거 위 저벅저벅 걷는다.

좌측에는 암석 절벽

낙석 주의

잠시의 망설임.

암벽 틈틈이 자라는 나무

척박함 뚫고 살아남은

헤아릴 수 없는 뿌리의 깊이

절절함 가슴 새긴다.

구불구불 이어진 길

반복되는 오름

터져 나오는 숨.

담장 없는 민가 몇 채

예기치 못한 반김으로.

'달방 마을'

정겨운 이름

입안에서 몇 번을 되뇌어본다.

깊은 내쉼.

자신을 채근할 존재의 부재

그 생경함 너머

작은 방울 방울로

마음속 고여오는 평온함

이제야

어수선했던 자아

제자리 찾아 정좌한다.

용눈이 오름에 오르다

삼백 개 넘어
사백 개 가까운
오름.

비장한 각오도
잘 갖춰진 복장도
내려놓고,
그저
편안한 마음 하나만 품고
완만한 길 따르면 되었다.

완연한 심장박동
무리 없음이라는 사인.
그래서일까?
누구든 품어내는
직설적인 오른다는 사소함으로

입에 딱 달라붙는
'오름'이라는 이름 얻게 된 것이.

나지막한
정상에 올라
주변 포착해간다.
가벼운 오름이건만
도저한 풍광의 선물에
호사 누린다.

아스라한 한라산
다소곳한 성산일출봉
걸출함과 평범함
가슴 가득 담아낸다.

수학여행 온 여학생들

재잘거림과 웃음소리
오름을 포위해간다.
기분 좋은 울림으로.

가없는 푸른 하늘
일렁이는 청보리
가슴도
한껏
부풀어 오른다.

그래, 브루크너
- 쾰른 대성당에서

I

발걸음 바빴다.

조바심만 저만치 앞서가고 있었다.

프랑크푸르트 공항 나서며

괴테의 청함도 거절한 채

오직 한가지 생각

견고하게 자리 잡아

지나치는 풍광 무의미했다.

모든 것 더디게만 느껴지던 순간

드디어 도착.

가파른 계단 오르고 나니

눈앞 펼쳐지는 장관

압도하였다.

II

육 백 년

가늠할 수조차 없는
인식 범위 훌쩍 초월한
성긴 시간 동안
포기의 유혹 극복하고
쌓아 올려진 축적의 결실

뿌려진 씨앗 발아하여
지난한 세월 표피 뚫고
맺어진 장대한 열매.
첨탑 끝 찾는 시선 좇아
우두둑거리는 목뼈 이완 소리
온몸 전율한다.

먹 곱게 갈아
한지에 그려낸
수묵 농담 깊게 담은
고딕식 외벽

오욕의 죄
대신 짊어진
십자가 주검
그 무게만큼
검게 짓누른 채색

장엄한 외관
성상들의 세세한 정교함
눈길 옮겨가며 터져 나오는 탄성
빗물 폭포처럼 쏟아내는
가고일gargoyle의 장관 보고 싶었다.

III

엄숙함 머금은

발걸음으로

문턱 넘는다.

그 순간

악과의 단절

완전한 결별의 다짐으로.

어떠한 세상적 욕구도 스며들 수 없는

성스러움 자체

부활의 공간에 들어선다.

아찔한 높이

뾰족한 아치 천장

천상 향해 열린 공간

천사들 합창 쏟아져 내린다.

형형색색 웅장한 스테인드글라스

신비롭게 투영되는

찬란한 빛

벽을 뚫지 못하는 어둠

세속의 악함을 선함으로 치환하는

축복의 빛

한 줄기 빛

구석에 웅크린

그악한 어둠 조각마저 쪼개며

머릿속은 하얗게 백지화되었다.

브루크너_{Bruckner} 의 마지막 미완성 교향곡

빈 곳 채우며 흘러간다.

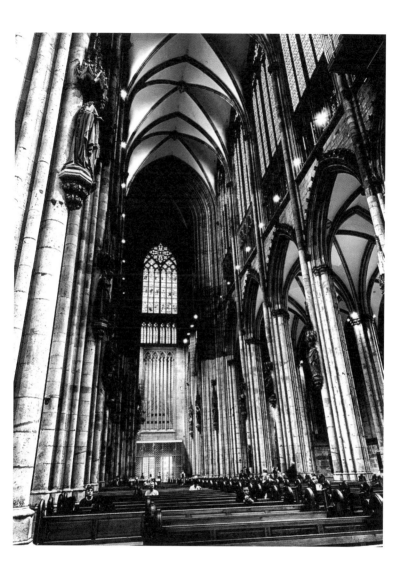

흐릿한 추억의 서

제4권

썰매

잠결
'눈' 소리에 정신 바짝 든다.
어느덧 온몸 완전 무장이다.

아버지 손길
가득 담긴
썰매 옆에 끼고 출동이다.

정상에 다다르니 선수들 다 모였네.
시작 소리도 없다.
누구라 할 것도 없다.
다져지지 않은 눈길 위로
썰매는 출동이다.

두 발은 방향타
점점 더 분주하다.

좌로, 우로 발놀림 눈발 솟구친다.

가파른 경사 따라 바람 가른다.

얼음판 위 부유하는 썰매는 가라.

중력 아우르는 썰매 출동한다.

다시 언덕 위로

썰매 끼고 출동이다.

입에선 단내나고

달아오른 볼

터질 듯 발갛다.

머리 위론 허연 김

솜사탕처럼 뭉근하다.

엉덩이엔 고드름 주렁주렁

밤새 떠 주신 벙어리 장갑

여지없이 구멍이다.

눈물 콧물 범벅으로

깔깔대던 그 시절

서럽게 그립구나.

갯내음

소담한 마을 앞
광활한 갯벌
아무것도 없었던 듯
비릿한 갯내만 가득

발가락 간지럽히는
고운 뻘밭
늘어가는 발 도장 수

태평하게
양발로 개흙 먹던 게
이방인 발걸음 소리 놀라
쏜살같이 사라져,
물기 머금은 어스름 속으로.

자기 집이었을까?

궁금하다

남의 집이면?

소란함 보고 싶다

누군가의 낙지 소리에

엉덩방아 찌며

달려가 보면

여기저기 숯검정 된

까까머리뿐

서로서로 얼굴 보며

웃음꽃 터지던

흐릿한 시절

나의 고향이라

부르고 싶은

푸근함 가득했던

그곳.

만조 물결 채근함에
너른 속살 옷을 여미며
가슴 한편 채워줄
아련한 추억 실려
자취 감춘다.

메쭈

쌍둥이 손에 들려온
앙증맞은 점박이 알
대대적 환영이다.
엄지손가락 한마디의
가녀린 위엄으로.

코 등을 간지럽히는
발간 전구 불빛
숨죽여 들여다본다.
굼뜬 시간
손가락 날을 세는
조바심으로.

지나던 발길 돌려
눈 맞추는 시간 속
하염없는 기다림

헝클어진 셈 탓 속에
얼마나 지났을까?
아이들 단성 소리
지축 흔들며
곤한 잠 깨어난
대견함 맞는다.

여린 부리 쪼아댄 알껍질
세상 빛 담는다.
천지 마술 흉내 낼 수 없는 기적의 선물로.

뽀송한 머리털
초롱한 눈망울
가냘픈 두 다리

그 이름은 **메쭈**

담대한 여정의 시작.

잰걸음으로

거실 누비다 곤하면

양털 깔개 품 파고들어 잠을 잔다.

밥알 몇 개 유혹하여

손가락 두드리면

저 멀리서 화들짝

반쯤 날아 화답한다.

그렇게 마음속 자리는 넓어지어 갔다.

지금도

가슴 가득 짙푸른 날이면

우리 모두 꿈을 꾼다.

Affirmation of the Presence

하늘 향해 날갯짓하는 메쭈

달뜬 밤바다

호수처럼 잔잔했다.

부서지는 파도 갈 곳 잃어 헤매었다.
숨죽여 귀 기울여도 담아낼 길 없었다.

고개 드니
딸내미 볼처럼 탱글한
온전히 둥근
커다란 달덩어리
가슴속으로 훅 들어왔다.

노오란 달빛 수면에서 반짝인다.
무수한 비단잉어 하릴없이 노닌다.
길게 이어진 황금 띠 촉촉한 빛 발한다.

저 먼 수평선에는 배들 분주하다.

바다 한가운데 머금을 찬란한 축제

불빛 향연 펼쳐질 게다.

그 광채에 취한

촉수 달린 투명한 몸들

놀란 눈 반짝이며

뱃전에 모일 터.

발가락 사이 소슬하게

한 줌 모래 흩뿌리며

무심히 바라보는 바다는

하염없이 잔잔했다.

바다는

너른 품으로

보듬어주었다.

허한 가슴 앓는 이들을,

세태에 쉬이 어울리지 않는 꼿꼿한 이들을.

맑은 눈으로 갈 길 잃은 외로운 이들을.

마치 슈만Robert Schumann 같은 이들을.

기름 부음 받은 자

둥지 떠나는 날
여린 눈망울
서툰 몸놀림
두려움 속 작은 새

어느 순간 깨닫는다.
날기 위한 모든 것 이미 가지고 있음을.

날갯짓하고
바람에 몸 맡길 때
드높은 하늘
멋지게 날 수 있음을.

깨닫는다.
이미
세상을 살아가는데 필요한 모든 것 예비하셨음을.

단지

더 빠르게

더 높게

그 욕심 버리고

의연하게 나의 길 가면 된다는 것을.

시절 단상

제 5 권

홀로 여행

호젓함과 외로움이라는
두 갈래 길에서
늘 망설이게 하는 것은
'홀로 여행'이 주는 재미이기도 하다.

북적북적한 일상에서의 탈출,
그것이 여행의 주된 목적이라면
이러한 일탈이야말로 금상첨화다.

그러나 이런 만족감조차도,
겨우 길모퉁이 하나만을 돌았을 뿐인데,
급격히 고독감에 몸서리쳐지게 하는 변덕에,
쫓기듯 사라져 버리게 하는 것이다.

그래도 꿋꿋하게 발걸음을 계속하게 되면
나를 옥죄던 현실에서 벗어나 있는 자신을 느끼며

터질듯한 자유로움에
금세
가슴 벅차 소리까지 지르게 되는 것이다.

주변의 사물이며, 스쳐 가는 사람들,
미시적이든, 거대한 것이든 간에,
시야에 차오는 것들이
마치 자신은 그들과 다른 초월적 존재임을
스스로 각인시켜 나가기도 하는 것이다.

이렇듯 만나게 되는 풍광과 모습들에서,
단순히 던져보는 피상적인 시선에 덧붙여,
어느덧 대상을 꿰뚫어 볼 수 있는
일종의 투시력까지도 얻게 되었다고
자신에게 주입하고 있는지도 모른다.

그래서 '홀로 여행'은 거듭 매력적이지 않은지...

어느 작가

'전 세계적으로 2억 6천만 권의 책이 팔렸다'라는 문구
는 상당히 자극적이어서, 궁금증에 불을 붙였다.

루이스 라무르 Louis L'Amour 라는 작가의 이름은 생소했다.

그가 활동하던 시대뿐 아니라, 주력하여 결실을 보았
던 소설이 관심을 끄는 분야가 아니었기 때문이다. 그러
나 그의 특별한 이력은 호기심을 가중시켰다.

고등학교 1학년을 자퇴하고, 미국뿐만 아니라 여러 나
라를 전전하며, 다양한 밥벌이로 생존의 사투를 벌이면
서도, 책을 늘 가까이하고, 꾸준히 글쓰기까지 했다는 본
인의 고백은 경이롭기까지 했다. 결과론적인 이야기지만,
역경을 극복하고 소설가로서 성공을 거둔 것은, 진정한
'아메리칸드림'의 전형으로 받아들여졌다. 그의 자전적
이야기를 쓴 '소설가의 공부 Education of a wandering man'가 베
스트셀러에 오른 것처럼, 당시 사람들도 열광했던 것이리
라.

　이 책 앞부분에는 대니얼 J. 부어스틴Daniel Joseph Boorstin
이 쓴 추천 글이 실려있다. 그는 퓰리처상을 수상한 친구
로, '마구잡이 독서의 즐거움'이란 직관적 제목을 붙였다.
4.8m 높이의 책장에 빽빽하게 꽂혀있는 17,000권의 장서
를 보유했다는 라무르의 인생을 관통하는 명쾌한 표현이
라 여겨진다.

　라무르 자신도, 지식을 찾는 한 남자의 모험에 대한 자
전적 이야기임을 상기시키며, '그대 앞에도 길이 있기를'
바란다는 말을 잊지 않았다.

　책장을 덮고 나니, 에이모 토울스Amor Towles의 두툼한 책
이 기다리고 있다. 화려한 엘리트 교육과 경력을 나타내
는 저자의 상세한 이력이 쓰여 있다. 책에는 전직 대통령
을 포함하여, 누구나 알만한 유명인사의 찬사가 어지러이
동반되어 있다.

루이스 라무르와 에이모 토울스는 살아온 길과 그 작품의 결이 지극히 대조적이다.

더욱 궁금해진다.

라무르가 학교를 박차고 나오는 오만함을 접고, 평범한 길을 계속 걸었더라면, 삶의 발자취가 확연하게 달라졌을까?

뜻밖의 상실

테이블에 앉아 보이는 창밖 중앙에는, 쌍둥이 벗나무가 있다.

겨우내 찬바람을 묵묵히 견뎌내고는, 옅은 분홍빛이 감도는 기대감을 주는가 싶더니, 불현듯 핑크의 거대한 물결을 이루어 내곤 했었다.

지난 몇 년간, 창밖 풍경을 압도하는 장관을 연출했던 것이다.

찬 바람이 불던 어느 날, 한 무리의 사람들이 웅성거렸다.

이윽고 각자 이런저런 장비들을 가지고 나무에 '위해'를 가하기 시작했다. 말 그대로였다. 나무는 속수무책으로 온몸을 내어 맡길 뿐.

한참을 나무와 씨름하던 무리는 어느새 사라지고, 잘려 나간 가지와 줄기들만이 검은 아스팔트 위로 수북이 쌓여있었다.

두 그루의 나무가 애처롭게 느껴졌다.

최신 다해 꽃을 피워, 지나가는 사람들에게 행복을 나누어주던 열의. 그나마도 이른 빗줄기에 헛되이, 모든 꽃잎 내어주는 짧디짧은 여정. 이후로는 무덤덤하게 돋아난 잎들로 여름을 나고, 잎을 떨구고, 차디찬 겨울을 견뎌냄을 반복하던 수더분한 나무.

봄을 제대로 만끽하지도 못한 채 겪은 느닷없는 상실이었다.

오늘 창밖으로, 거의 반 토막이 난 벚꽃 개화를 맞이한다.

그래도

그들은 뭔가 유익한 이유로 그리했을 거라는 믿음으로 바라본다.

중간자

어느 날부터, 여러 놀이 중 카드로 하는 게임은 뭔가 더 지능적이라는 생각이 들었다. 좀 더 정확히 표현하자면 이제 더는 어린아이가 아니라는 바로 그 느낌이었다. 카드 게임은 종류도 많고 다양했다. 그중 7개의 카드로 하는 포커는 친구들과 가장 즐겨 하는 게임이 되었다. 그런데 이 게임을 하면서 배운 것은 '강자 독식'이라는 씁쓸함이었다.

어느 날 한 친구가 반전의 묘를 들고 온 것이다. 바로 최약자도 승자가 될 수 있음이었다. 순위를 나타내는 축의 가장 바닥에 가까울수록, 또 하나의 승자가 될 수 있는 획기적인 룰 이었다. 우리는 모두 열광했다. 그동안 가장 좋은 카드를 소유하는 것만 열망했었는데, 이제는 열악한 카드로도 좌절하지 않는, 아니 오히려 부족함을 기대하고 즐기기까지 하게 된 것이었다.

그렇게 한동안 달콤한 시간이 흘러갔다.

나중에야 모두가 깨달은 것은, 결국 다수를 차지하는 중간그룹은 계속해서 공급자가 되어야 함, 누군가 자조적으로 말한 '털리는 자'가 된다는 것이었다. 그리고 그 직설적인 표현과 직선적인 의미에 모두가 흠칫했다.

사무치도록 깨달은 자

세계적으로 대가로 인정받는, 대표적인 작가 중 한 사람인 톨스토이. 그가 경력의 최고점에 이르렀을 때 동화처럼 쉬운 어휘와 문장으로 자신의 신앙 고백처럼 쓴 글들이 있다. '사람은 무엇으로 사는가?', '사랑이 있는 곳에 하나님이 있다'를 포함하는 짧은 글들로 엮어진 단편집을 쉽게 접할 수 있다.

간결하고 명확한 메시지와 소박함, 그런데도 유명세를 치르는 다른 작품들과는 확연히 다른 감동을 준다.

누군가 참석했던 모임의 후일담으로, 우스갯소리를 했다. "언제부터인지 모차르트의 음악을 듣는다는 것은 진지함, 격조 있는 음악감상과는 좀 궤를 달리하는 일이 아닌가 하는 분위기였어.", "적어도 말러나 쇼스타코비치 정도는 즐겨 들어야 하는 것은 아닌지 하는 압박감마저 느꼈다니까."

문득, 1984년에 개봉한 모차르트에 대한 영화가 떠올

랐다. 그를 속절없이 희화화하였고, 그 영향 또한 클 것이라는 생각이 들었다.

모차르트의 음악에 대한 헤르만 헤세Hermann Hesse의 견해*는, 잠시 고개를 들어 창밖을 응시하게 한다.

"저는 모차르트의 경쾌함과 무구함이 어린아이의 경쾌함과 무구함이 아니라, 사무치도록 깨달은 자의 경쾌함과 무구함이라는 점을 내내 확신해왔습니다."

그렇구나. 온갖 SNS를 접하며 느끼던 불편함의 근원. 익명성혹은 유사 익명성의 가면 속에, 서로를 혼란스럽게 만드는 어설픈 지식과 오만함, 편협한 레토릭.

이 모두를 초월하게 하는 그의 해맑은 웃음소리가 더욱 그리워진다.

* 헤르만 헤세, 음악 위에 쓰다 북하우스

돼지감자 차

차를 마신다.

커피와 대별되는 '이외의 모든 것', 그 총칭으로 쓰이는 말이 '차'가 된 듯하다. 커피와 달리 우아함과 느긋함을 겸비한 여유로움의 상징으로까지 보이지 않던가? 그래서인지, 물에 일정 시간 우려서 마시는 재료의 다양함은 상상의 영역을 넘는다. 이런 것까지? 라는 말이 저절로 튀어나오며, 그 맛은 어떨까? 라는 호기심으로 자연스럽게 차의 세계로 빠져들게 된다.

언제인지 정확히 기억나지는 않는다. 아마도 어느 가을날, 가족들과 함께 바람을 쐰다며 교외로 나갔을 때일 것이다. 밑반찬으로 나온 것에 아내가 관심을 보이면서 시작되었다. 피클처럼 새콤달콤했던 것 같다. 뭉텅뭉텅 불규칙하게 잘려져 있는 모습은 원형이 어떤 형태인지 가늠할 수 없었다. 그런데도 지금껏 이 일을 기억하는 이유는 바로 그 독특한 이름 때문이다.

'돼지'와 '감자'

이보다 더 낯익은 말도 없으리라. 그런데 이를 붙여서 '돼지감자'라고 부르니, 그 생경함이 배가되며, 머릿속이 복잡해지는 거였다. 그 생김에 대한 가닥 없는 궁금증이 부풀려지면서.

그때 음식점 주인은 재료 효능에 대해서도 열심히 설명했었고, 결국 문을 나설 때는 손에 돼지감자 피클 한 통이 들려있었다.

제법 많은 시간이 흘렀다.

진즉에 성인이 되었음에도, '성인병'이라는 꼬리표가 붙어있는 생활 질병들이 이제야 반갑지 않게 찾아들면서, 먹거리를 살피게 된다.

나이를 먹을수록 귀가 더 얇아지는지, 좋다고 하면 애

써 찾게 되는...

그래서
지금 눈앞에는 돼지감자 차가 당당하게 자리 잡고 있
다.

여느 겨울날

거리에는 눈이 잔뜩 쌓여있었다. 한파 탓에 녹지 않고 단단하게 다져진 채로.

그랬다. 영하 20도에 근접하는 강추위가 며칠째 이어지고 있었다. 영하 10도 정도는 이제 아무것도 아닌 것처럼, 며칠 사이에 단련이 되어버렸다. 아마 영하 30도를 겪어보면 지금의 추위도 대수롭지 않게 여겨질 것이 분명하다. 놀라운 일이다.

사람의 체온은 일정한 범위로 유지되지 않던가. 안정적인 허용 범위는 대략 ±1.5도 정도이리라. 이런 예민한 몸으로 영하 30도 이하에서도, 영상 40도 이상에 이르는 환경에서도 활동할 수 있다는 사실이 경이로울 뿐이다.

한파 속에서 다들, 눈만 내놓고 온몸을 감싼 채 종종걸음으로 움직이고 있다. 아직은 추위에 맞설 수 있다는 자부심을 꼭 쥐고서. 운동을 나온 것처럼 보이는 커플도 보인다. 그들에게는 일상을 멈추게 할 일말의 실마리도 허락하지 않겠다는 단호함마저 묻어난다. 뛰는 거리가 늘어날수록 허옇게 뿜어져 나오는 숨결과 함께 온몸을 감싼 존재들이 오히려 거추장스러워질 것이다.

하루키Murakami Haruki는 거의 하루도 빠짐없이, 한 시간 정도 조깅을 한다고 했다. 특히 장편 소설을 쓸 때는 체력이 뒷받침되어야 하므로, 꾸준히 지켜내고 있다고 한다. 이러한 루틴이 얼마나 어려운 일인지를 생각하면 대단하게 여겨진다. 육체적으로뿐 아니라, 정신적인 면에서도 필요한 일일 것이다. 달아오른 머리를 식히고, 일상적-직업적 스트레스를 비워내기 위해서.

어른이 된 이후로 어린아이들처럼 쉬이 시를 쓰지 못하는 이유를 메리 올리버Mary Oliver가 명쾌히 말했었다. 모든 시인이 해야만 하는 중요한 일인 '빈둥거리기와 꿈꾸기'를 제대로 하지 못하고 있어서라고. 아마도, 시는 더 많은 여백이 필요하다는 은유일 것이다.

생각에 잠겨 창밖을 내다보던 시선을 돌리니, LP에 반사된 연한 빛이 은근히 돌고 있었다. 이윽고 낮은 음으로 이어지는 첼로의 연주가 다시 존재감을 얻게 되었다.

브람스의 첼로 소나타였다. 야노스 슈타커Janos Starker의 묵직한 보잉과 함께, 창밖을 내려다보며 무심히 떠오른 이런저런 생각에, 선율들이 시나브로 흩어져 버렸던 것. 마치 음악도, 호흡하는 공기처럼, 공간 속에 녹아버려 의식 밖으로 튕겨 나갔던 것이다.

다시 음악에 집중하니, 분산되던 개별 음들이 각각의 의미를 부각시키며, 고리처럼 매끈하게 연결되어, 제자리를 찾아 귓가를 맴돌기 시작한다.

심장의 떨림.

지금, 이 순간, 낮게 울리는 묵직한 선율에 심장이 화답
하고 있다.

현악사중주 좋아하세요?

'3'이라는 숫자는 온전함, 더 나아가 완벽함을 의미하는 것일까? 신비스럽게 보이는 거대한 피라미드의 단면이 삼각형이라는 사실이, 마치 이와 무관하지 않은 것처럼 느껴지기도 한다.

4점 지지를 하는 것은 생각만큼 쉽지 않다. 반면에 3점 지지는, 수월하게 물체를 바닥에 고정시킬 수 있다는 점도 상기시킨다.

3개의 악기로 편성된 연주는 그런 면에서 온전성을 확보하는 듯하다.

바이올린 – 비올라 – 첼로

서로 담당하는 주파수 영역을 보더라도 안정적인 악기 조합임이 틀림없다.

여기에 하나의 잉여 악기를 추가하면 어떨까? 자유도를 확장했다는 것이 더 적절한 표현일 것이다.

현악 3중주 곡을 듣다가 현악 4중주 곡을 들으면 금방 깨닫게 된다. 풍성한 소리뿐만 아니라, 작곡가가 하려는 이야기가 얼마나 다채로워지는지.

이제 그가 하는 이야기에 귀를 기울이기 시작한다. 때론 조곤조곤 이야기를 풀어내는가 하면, 오랫동안 사람이라고는 통 만나지도 못했던 것같이, 폭포수처럼 이야기를 쏟아내기도 한다.

네 사람 중에 말수가 적은 이는 비올라다. 주로 이야기에 고개를 끄덕이며 공감을 표하곤 하지만 자신의 이야기를 드러내놓고 풀어내는 경우는 드물기 때문이다.

주로 맞장구를 쳐주다가도, 의외로 굵직한 톤으로 자기 이야기를 확실하게 하는 것은 첼로다.

그래도 뭐니 뭐니 해도 대화의 70% 이상은 그저 개인적 느낌으로 하이 톤으로 쌍벽을 이루는 두 친구가 담당한다. 바이올린들이다.

늘 주도권을 쥐고 이야기를 풀어내는 친구가 있기 마

련이지만, 이에 질세라 이야기에 호응하기도 하고 자신의
의견을 적극적으로 개진하며, 때론 구슬프게 신세 한탄을
하기도 한다.

둘의 조화야말로 현악 4중주, 그 연주의 코어이리라.

이처럼 4명의 친구가 들려주는 이야기는 늘 흥미롭다.
물론 그들의 이야기를 항상, 모두 이해할 수 있는 것은 아
니지만.

그래도 장광설에 넋을 잃기도 하고, 애절한 사연에는
눈시울이 붉어지게도 하는 이들의 매력. 다른 어떤 것보
다도 '끌림'이 강하게 다가온다.

그래서 늘 다양하고 풍성한 이야기보따리를 기대하여,
그들을 마주 보며, 의자를 바짝 잡아당겨, 한 발짝 더 다가
가고 있는 것이다.

맺음

시는 어떻게 불려왔던가?

누군가는 늘 규정과 틀을 만들어 그 안에 가두려 했다.
구획을 나누고 예리한 분석을 가하는 것이 전문가라고 여
겼는지도 모른다.

현대음악, 현대 미술의 흐름처럼, 세간의 평가를 넘어 자
칭 전문가들까지 합세하는 격랑을 담대하게 극복한 이들
은 역사적이 되지 않았던가?
물론, 이런 거창한 알레고리는 온전히 그들의 몫이리라.

베르트랑과 보들레르 – 시의 영역을 한껏 늘리고, 백석–
시의 난삽함을 배제한, 안티테제Antithese로서 그들의 노고.

도무지 어울릴 것 같지 않은 이질적인 분야들이 융합이라
는 이름으로 연금술적 결합을 하는 시대.

언제나 그렇듯,

경계를 넘나드는 것은 마음을 다잡게 한다.

그저

자신의 감성과 사유의 결과를 풀어내는 행위에는 자유함

이 자리 잡아야 한다는 소박한 생각.

내밀한 이야기를 은밀한 청자와 나누는 기쁨.

새벽을 가르는 임재의 은혜에 감사하며...

기록된 바

하나님이

자기를 사랑하는 자들을 위하여

예비하신 모든 것은

눈으로 보지 못하고

귀로 듣지 못하고

사람의 마음으로

생각하지도 못하였다

함과 같으니라

고린도전서 2:9

펴낸 글

변방백리

– 효종순례를 떠나다 (자전거 기행)　　　　　　　　김효준 저

마요르카와 토스카나 지방을 부러움 가득 쳐다보아야
할까? 우리에게도 보석들이 숨겨져 있다. 변방이라 불
리는 깊은 속살을 음악과 함께 자전거로 둘러본다.
맑은 공기를 폐포 가득 채워 그동안 켜켜이 쌓인 찌꺼
기들을 내어 뱉는 행위는 한발 한발 페달을 밟으며 이
루어지는 자전거 타기를 통한 회복의 과정이다. 시원
한 바람을 맞으며 그늘에서, 귓가에 울리는 선율에 내
어 맡김은 구깃하게 주름진 마음을 펴게 하는 치유의
과정이다. 자연과 어우러짐은 본래의 나로 환원되는
귀한 체험이며, 숨겨진 변방에서의 '자전거 타기'와
'음악 듣기'를 통해 치유와 회복을 몸소 겪어내는 귀
한 과정을 나눠 봅니다.

펴낸 글

십자가 위 일곱 말씀

– 세자르 프랑크의 오라토리오와 동행 (묵상)　　　　　김효준 공저

우리 모두 그리스도인으로 처음 살아보는 삶의 여정
에 있습니다. 하나님의 뜻을 구하며, 서투른 생각과 몸
짓으로 감당해가는 하루하루의 일상에서, 예수님이
보이신 케노시스(kenosis) 의 모범을 따르고자 기도하
며 나아가지만, 늘 부족하고 버겁습니다. 이 책은, 십
자가에 매달려 죽음의 사투속에서 하신 마지막 말씀
을 깊이 살펴보며, 예수님을 우회하는 지름길은 존재
하지 않는다는 믿음의 고백을 함께 묵상하는 과정입
니다. 여린 발바닥으로 거친 세상을 한 걸음 한 걸음
감당해가며, 믿음의 굳은살이 돋아나게 할 힘과 용기
를 합력하여 나눌 수 있기를 소망합니다.

인생에서 원했던 것은...

저자

流水 **김효준**

그렇게 유명하지는 않은 작가, 교수, 학자. 연세대학교를 졸업하였고, USC 연구 교수와 BINT 시스템공학 연구소 소장을 역임하는 등 다분야 융합연구를 추진해왔다.

다수의 연구 프로젝트, 저서 Advances in Engineering Research (New York), 80여 편의 논문 등, 대학 교수로서의 전문적 학술 활동 외에, 코어에서 한 발짝 벗어나 다양한 읽기와 질박한 글쓰기를 이어왔다.

아름다운 우리 산하의 숨겨진 비경 속을 자전거로 달리며, 재활과 회복의 과정을 나누었고, 신앙적 고백 속에서 치유와 위로 그리고 영적 평안으로 함께하는 음악적 동행에 깊은 관심을 가지고 있다.

뉴욕의 아들, 멜버른의 딸과 일상을 공유하며, 아내와 서울에서 살고 있다.

임재의 무게
묵상시집

ⓒ 동연재 2025

2025년 1월 7일 초판 1쇄

지은이 김효준
펴낸이 이정은
편집위 김동환 김하연
펴낸곳 동연재
디자인 김은경
인쇄·제본 (주)상지사P&B

등록 제2020-000084호
주소 서울특별시 양천구 목동서로 397, B-209
전화 02-2062-7607
e-mail dongyj20@naver.com

ISBN 979-11-973819-2-8 00810